Die Sonne scheint.

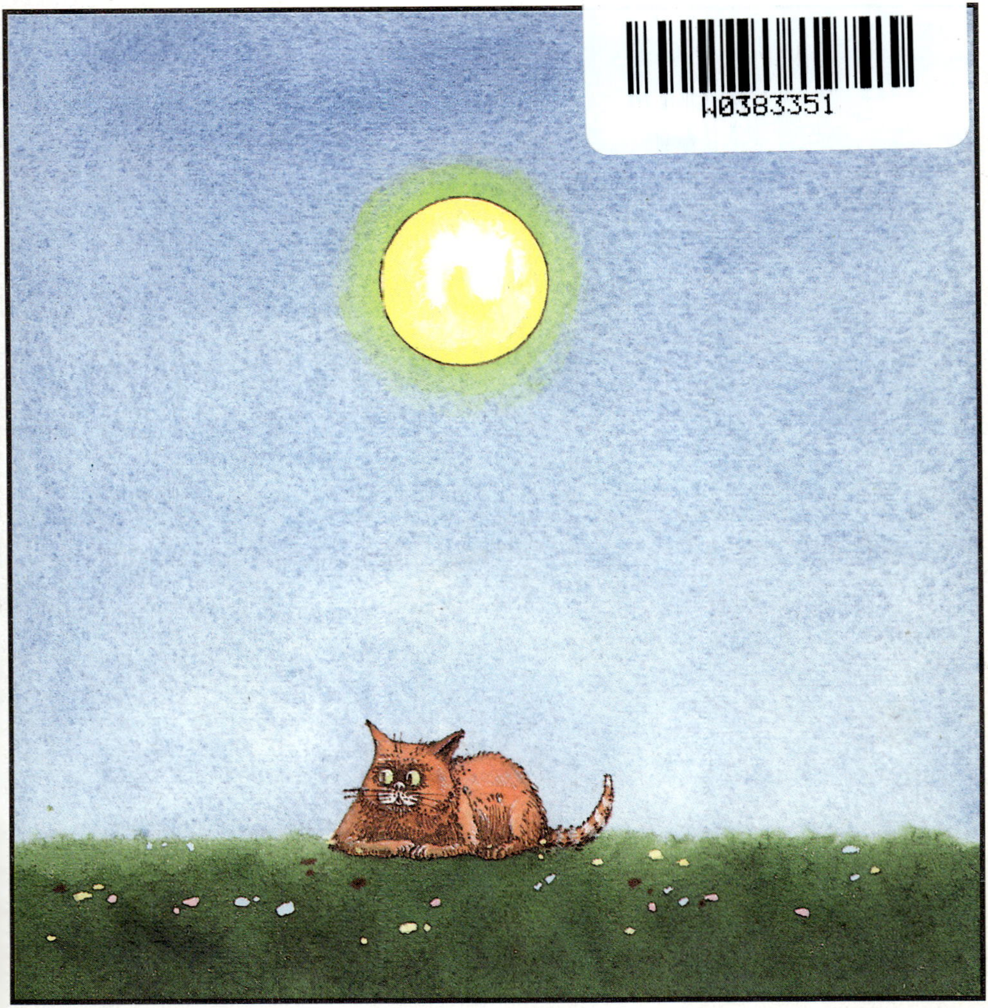

Es weht der Wind.

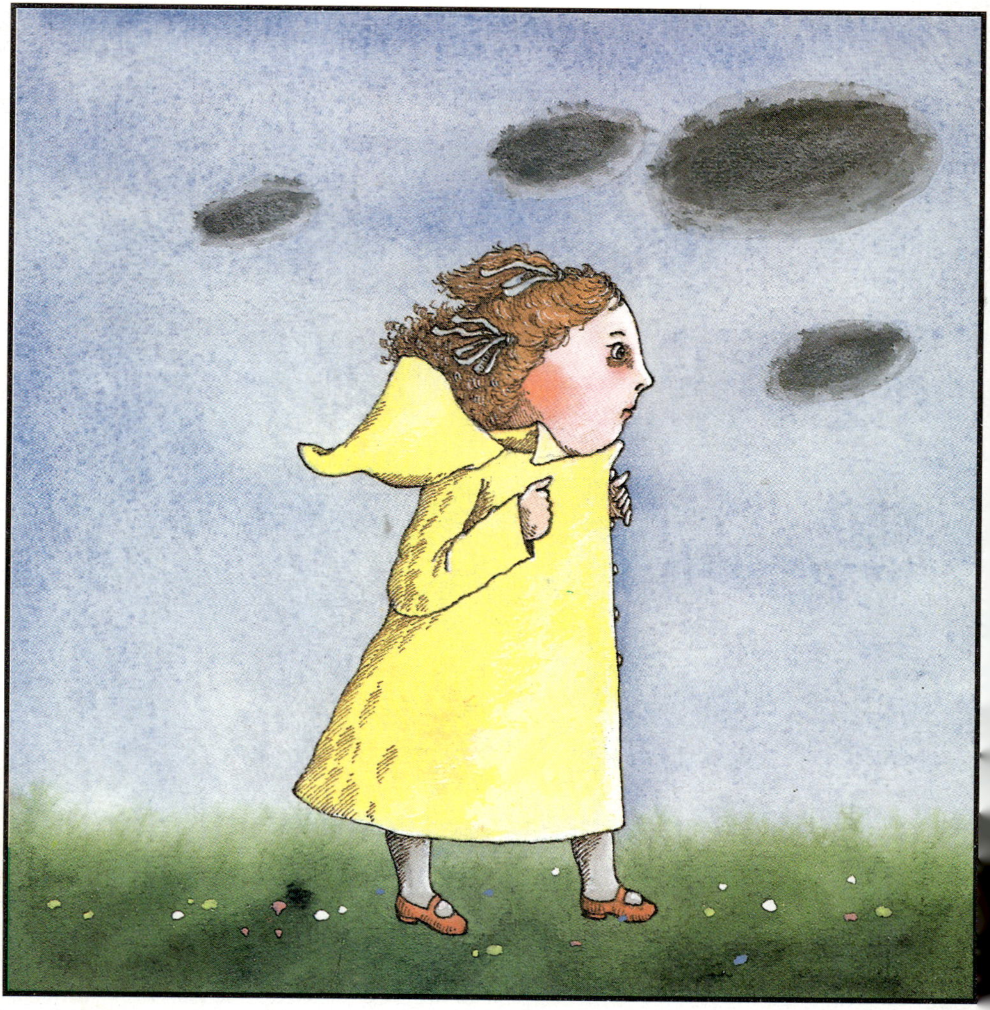

Wolken kommen.

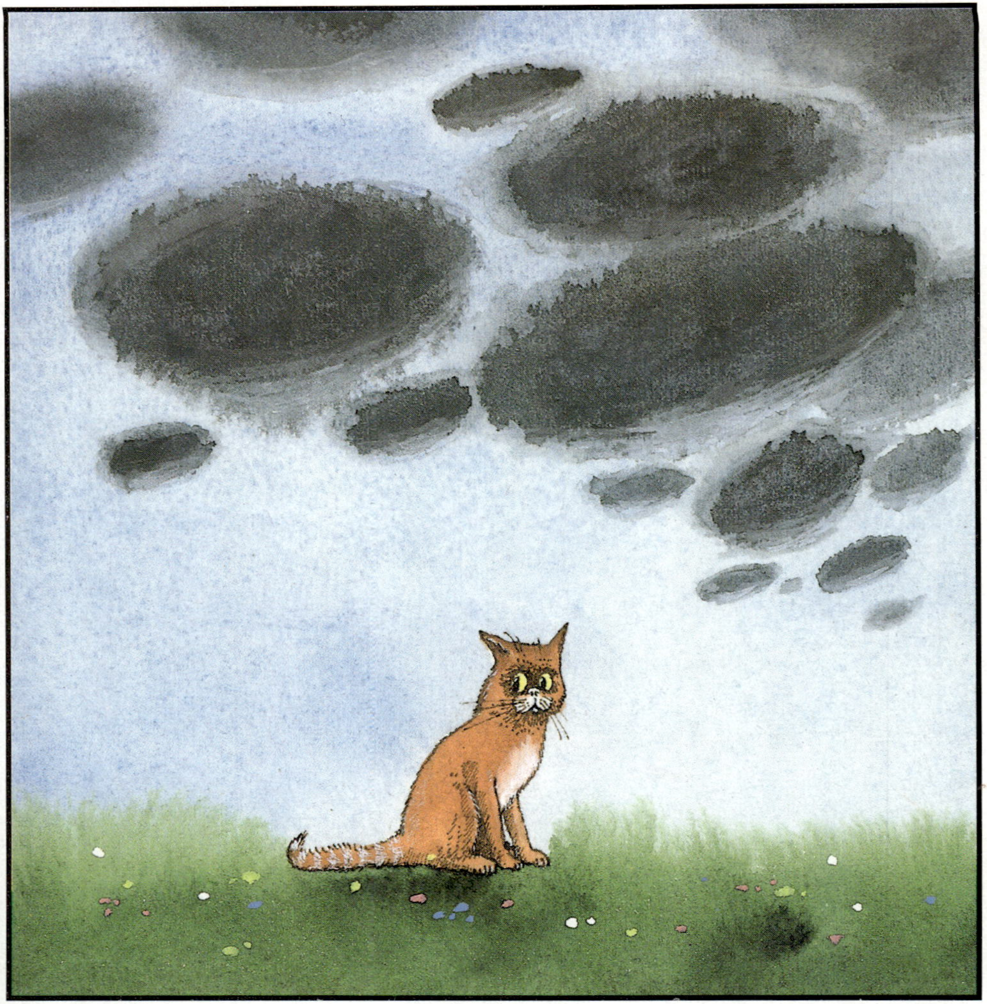

Es tröpfelt.

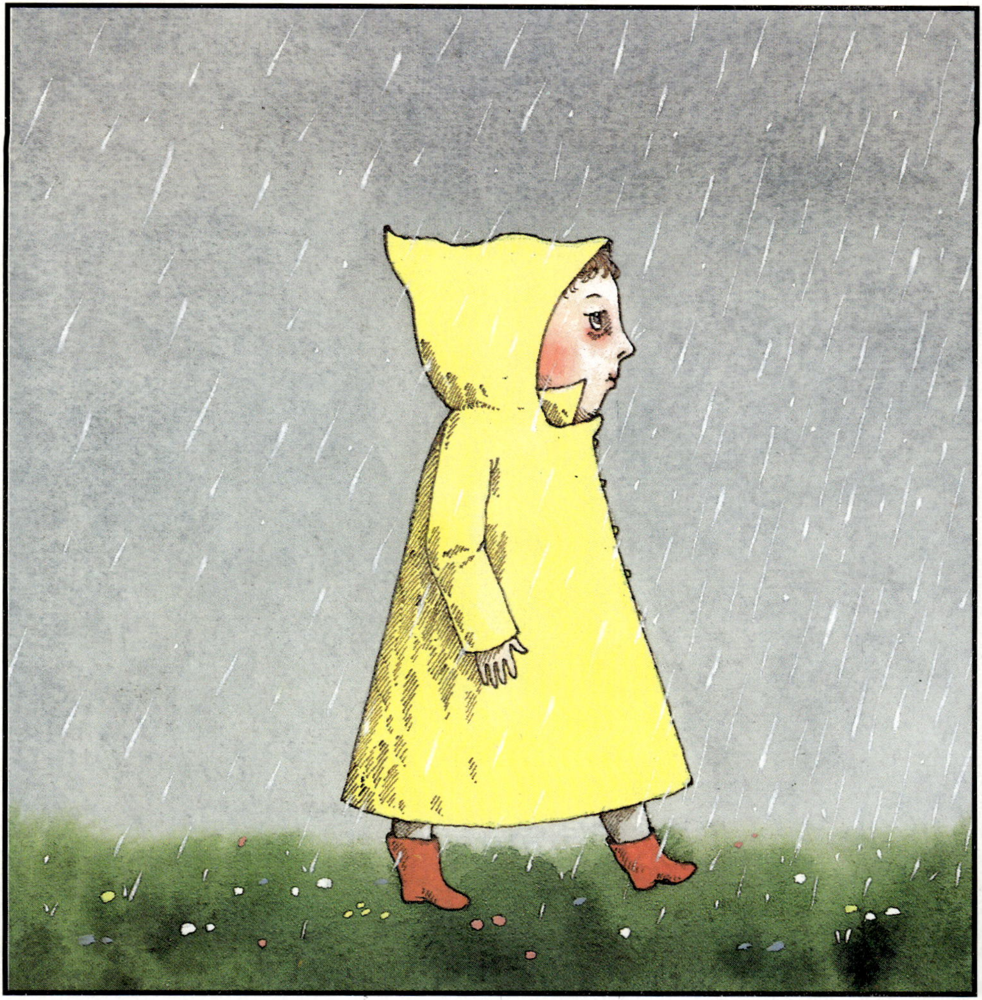

Es regnet.

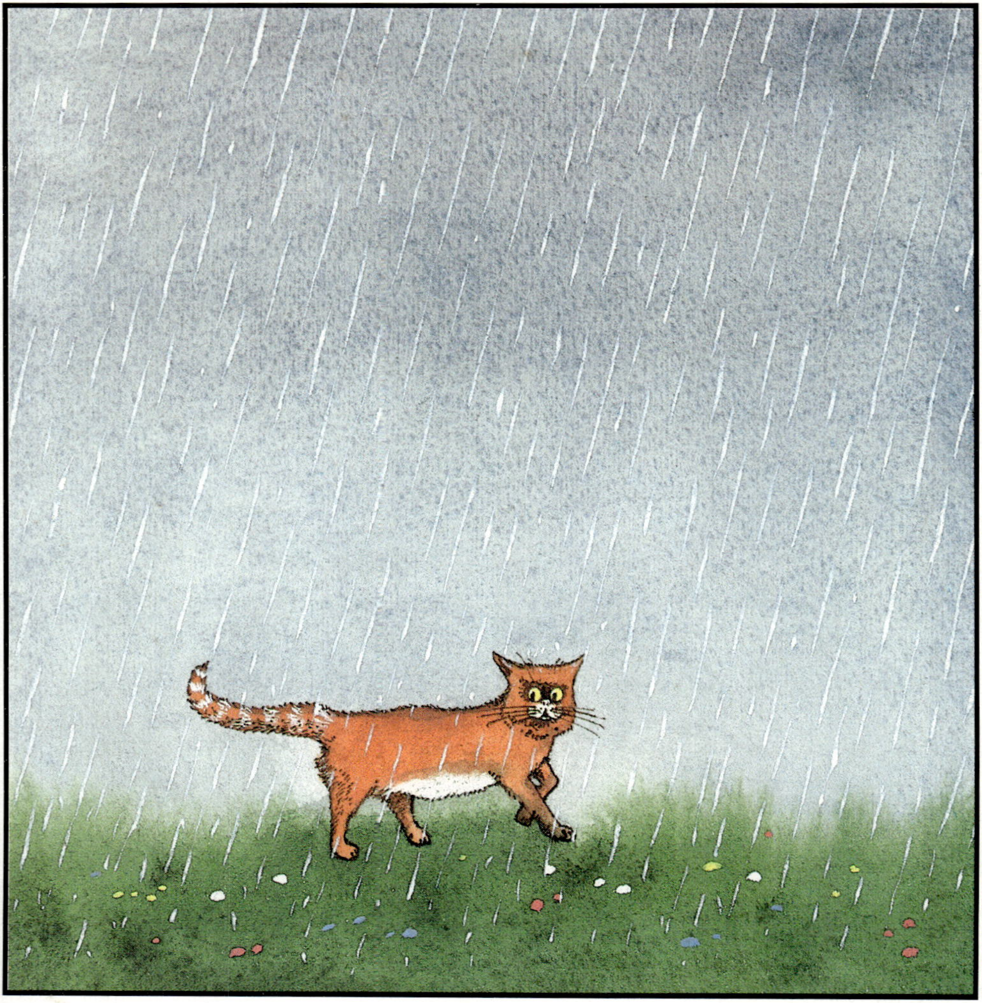

Es gießt.

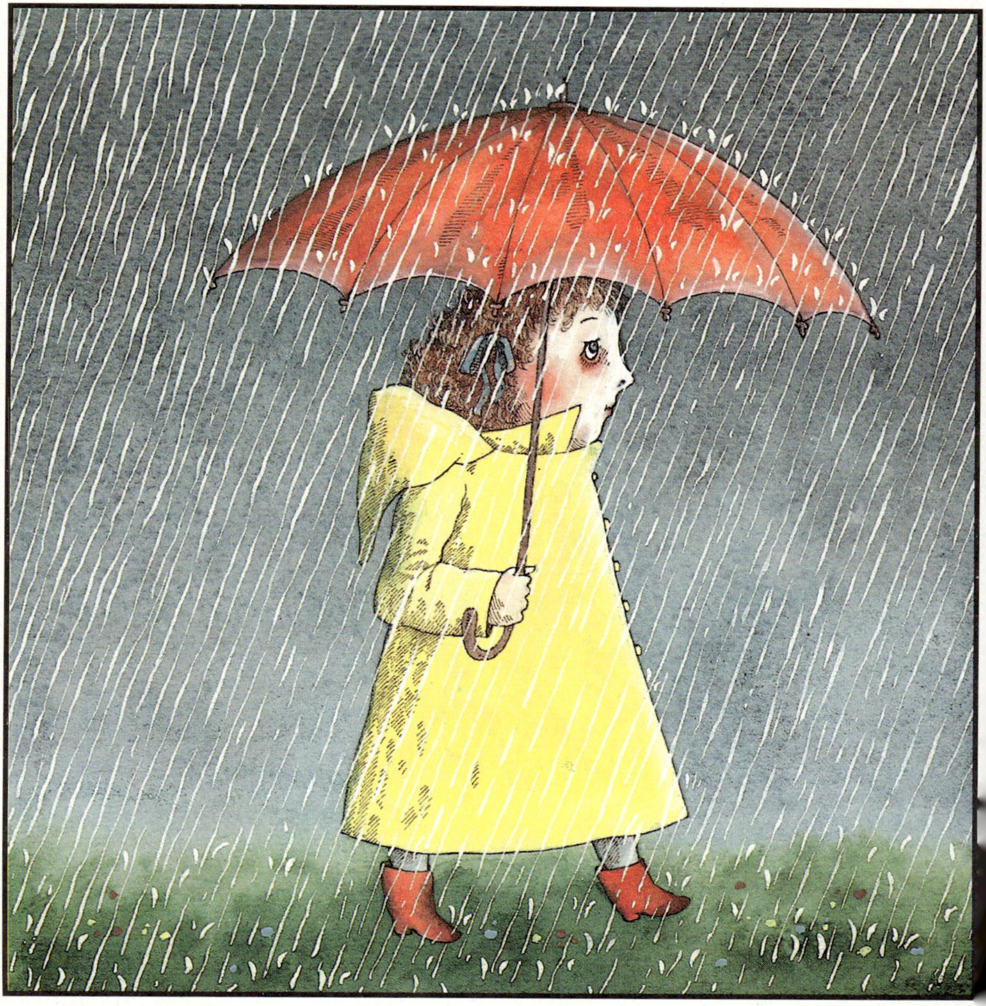

Es hagelt.

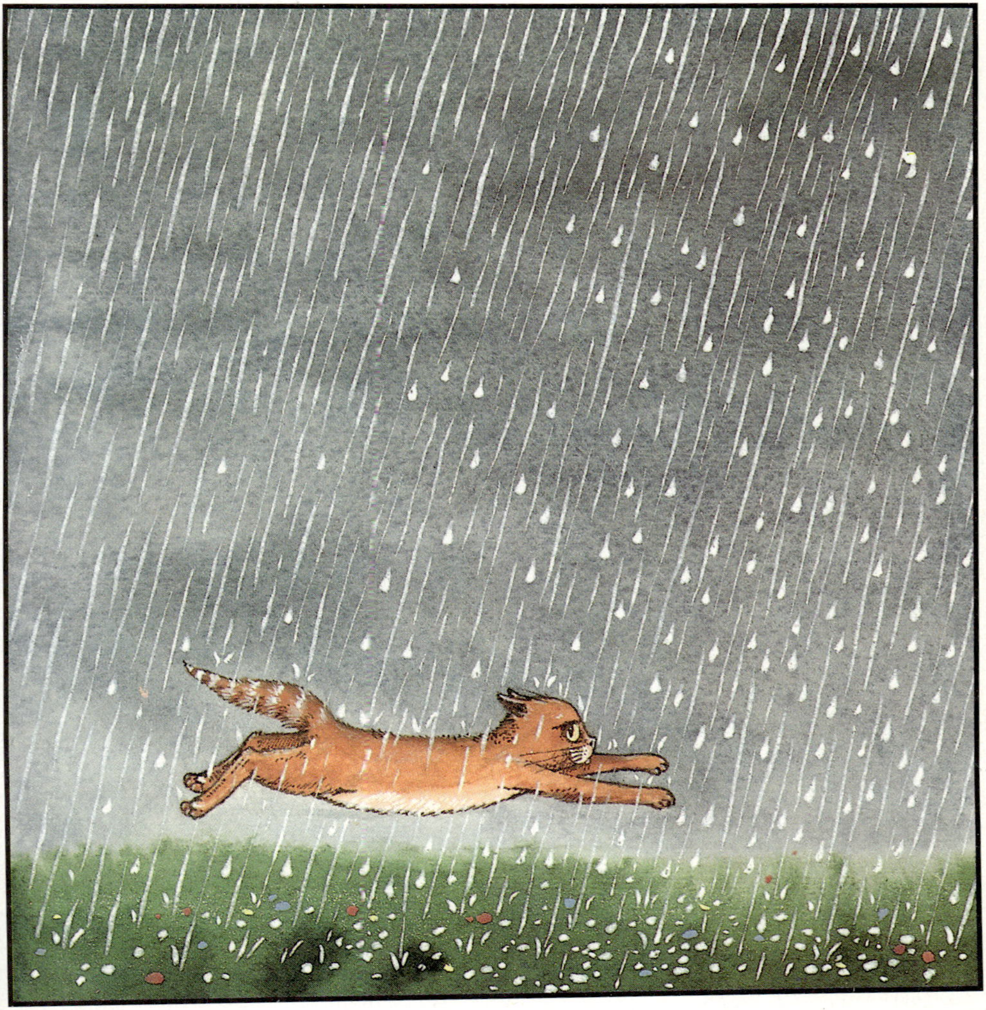

Es stürmt.

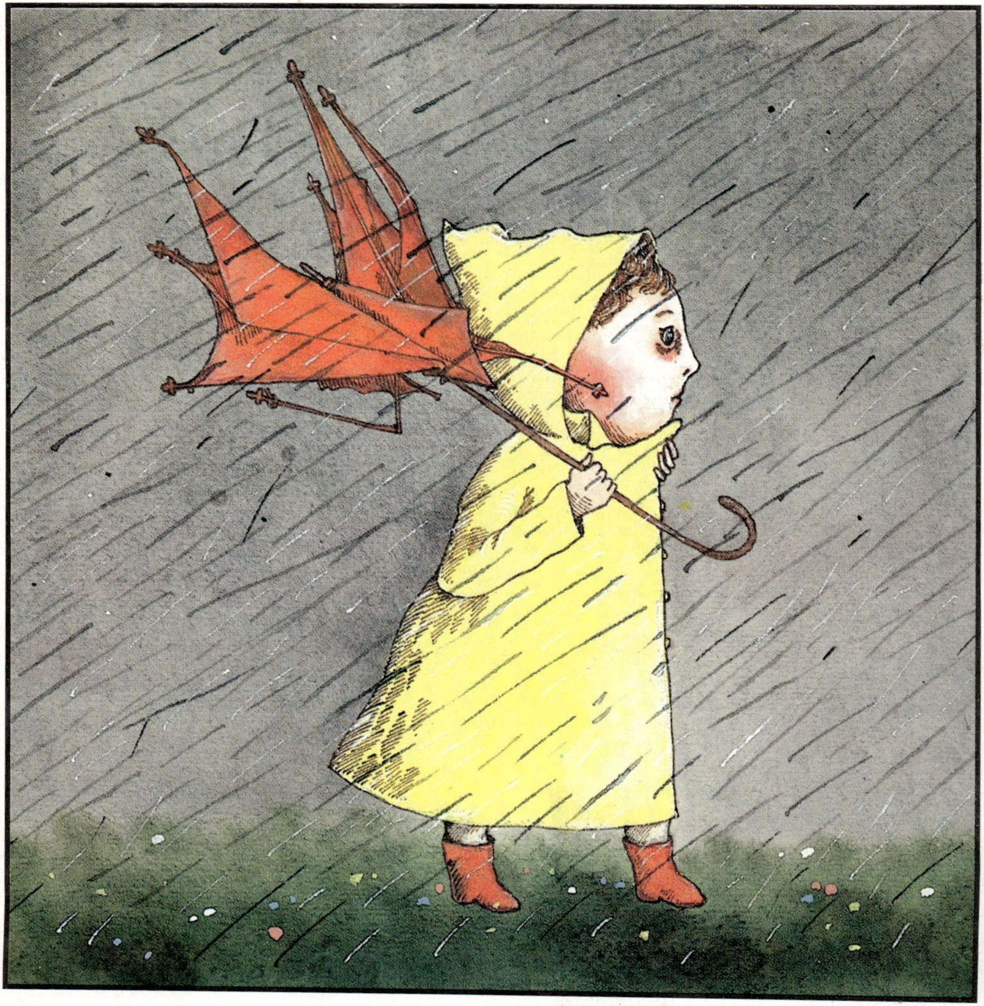